Pasiones Ocultas

Una historia de amor en la ciudad

L.A. Morens

CATEGORÍA: Ficción/Erótica/Romance Contemporáneo

Impreso en los Estados Unidos de América

ISBN-13:

EISBN:

INDICE

1
El toilette del vagón

Por el andén de la estación la gente va y viene. Desde algún lugar llegan melodías inconclusas. Lola miró el cartel donde se anunciaba la partida del tren. Ocho treinta y dos pm. Había llegado a tiempo.

Alrededor de las once y cuarto del día siguiente, por la mañana, desembarcaría en la ciudad de Santiago. Desde allí a la editorial se manejaría en taxi, no quería llegar tarde a la cita con el director de la revista Ecos, en la que trabajaba.

Al subir, se ubicó junto a la ventanilla. Al instante un joven, con saco azul y camisa blanca, se sentó a su lado.

Lola lo miró disimulada, sin embargo el joven no tuvo reparo en hacer con la mirada una radiografía rápida de ella. Sus ojos se detuvieron en el ángulo del escote en V de la joven. El nacimiento de los senos formaba una leve línea perturbadora.

Se había comprado ese suéter el día anterior en el Centro Comercial para la cita que tenía programada desde hacía dos semanas con el director general. Al probárselo la dependiente de la tienda le dijo:

–Le queda bellísimo. No se lo pierda, el precio es muy bueno y luce fabulosa —Ahora el joven que estaba a su lado confirmaba el comentario.

La noche se acomodaba detrás de las ventanillas del tren para tentar al sueño a los pasajeros que cabeceaban acunados al compás del trajinar de las ruedas de acero.

—Están sirviendo la cena en el vagón comedor —dijo el muchacho dirigiéndose a Lola.

Ella corroboró la hora en su reloj pulsera de metal. Así era. Las agujas marcaban la diez y cinco.

—¿Trabajas aquí? —indagó el joven.

—No, bueno, sí—Los dos rieron. Lola continuó después de un instante

—Voy a una cita en la editorial para la que escribo. Lo hago una vez al mes, pero mi lugar de trabajo es en Antuán —Si bien en un principio le resultó muy incómoda la insistencia de la mirada del joven, se encontró hablando con él muy suelta. Le agradaba el muchacho.

—¿Y tú?—preguntó

—Voy a Santiago a ver a mi madre. Vive con mi hermana mayor

—Que buen hijo —dijo Lola. El muchacho sonrió.

—No te creas. He hecho de las mías.

—¿Quién no?—agregó ella.

—Soy Carlo—dijo el muchacho extendiendo la mano hacia la chica.

—Lola—dijo —sellando ese encuentro con un apretón de manos.

—Tienes unos ojos muy bonitos—Lola se sonrojó.

Después de unos quince minutos la chica se levantó.

—¿Me disculpas? —dijo mirando el estrecho espacio que le impedía pasar.

—Debo ir al toilette.

—Por supuesto—contestó Carlo levantándose. Se comportaba como un verdadero caballero. Lola caminó por el corredor del tren. En el segundo coche estaba el toilette.

Parada frente al estrecho espejo la joven desplegó la cremallera de su bandolera, y en el instante en que tomaba el lápiz labial para retocar sus labios, la puerta se abrió de improviso. Era Carlo. Lola abrió la boca atónita. Carlo se apretó contra ella. Lola no lo rechazó. Era una situación por la que nunca antes había atravesado.

El pequeño equipaje de mano cayó sobre el piso acanalado del toilette mientras Carlo giraba el cierre de seguridad de la puerta. Los dos se abrazaron apasionados acunados por el vaivén de los anillos de metal contra las vías. Después de unos instantes giró a Lola. La chica quedó con su espalda pegada al cuerpo de Carlo.

El muchacho introdujo su mano en el escote, le bajó el sostén y acarició uno por uno sus pechos deteniéndose en los pezones que estaban duros y turgentes. Luego le quitó el suéter. Lola se dio vuelta, enfrentándolo. No pensaba más que en la excitación que la poseía estar en contacto con ese extraño.

Los labios de Lola se movían de una manera torpe e interrumpida. Las palabras que murmuraba parecían carecer de sentido, era como escuchar frases en otro idioma, y entre ellas se producían gemidos que nunca antes había exteriorizado.

El sentido de la realidad evadía la mente de Lola. El entorno superaba las fantasías que muchas noches le impedían dormir. Solo percibía los delicados dedos de Carlo buscando su sexo como si fueran las misteriosas mariposas húmedas de una clepsidra.

El móvil sonó varias veces. Era Julio tratando de comunicarse con ella. Deseaba saber si todo estaba bien en el viaje. Lola no atendió.

Carlo se bajó la cremallera de su pantalón. Guió a Lola sobre la puerta, levantó su pollera y le bajó las bragas. La joven se dejó llevar por el experimentado desconocido.

Afuera, los pasajeros del tren estaban ajenos al universo de Lola y Carlo. El deseo envolvía los cuerpos de los jóvenes que explotaban de placer.

Pasado del clímax Carlo se miró al espejo, arregló su ropa y sus cabellos. Miró a Lola, acarició sus pechos con dejadez. Le dio un beso en la boca y salió del toilette.

La joven estaba impactada. No salía de su asombro. Con rapidez se colocó el suéter, subió sus bragas y pasó ambas manos por la pollera, como queriendo plancharla.

—Estoy loca ¿Hice el amor con un completo desconocido?—se dijo. Recogió la cartera, la abrió, sacó el lápiz labial y retocó su maquillaje.

Salió cerrando la puerta a sus espaldas. Al volver, no sabía con seguridad si sentarse en el mismo asiento. Extrañada se vio haciéndolo. Carlo la recibió con una sonrisa y la ayudó a acomodarse.

—Dime—preguntó el joven—¿Tendrías tiempo para

un café cuando lleguemos? —

La pregunta la sorprendió. Nada hablaron del apasionado encuentro. Lola enseguida respondió.

—Imposible, tengo el tiempo justo.

—¿Y a la salida?—insistió el joven sin quitar los ojos de los de Lola.

La joven miró la ventanilla. El reflejo de los dos se repetía como un espejismo en el cristal.

—Es que no sé cuánto tiempo estaré ocupada en la reunión—Era evidente que Lola lo lamentaba. Frunció la frente.

Carlo sacó del bolsillo del saco una lapicera azul y un anotador. Escribió sobre una hoja, la arrancó y se la dio a Lola.

—Este es mi número de móvil. No tienes más que llamar y acordamos dónde y a qué hora.

La joven tomó el papelito y lo guardó en su bandolera. El tren siguió su viaje a velocidad de animal salvaje.

Estaba agotada, la esperaba un compromiso de trabajo muy importante para su carrera. De seguir así, a fin de año, el director general le había prometido ascenderla a jefa de editorial en la sucursal de Santiago. El encuentro con Carlo la había superado. Se sentía confundida y con sueño. Necesitaba descansar o se vería terrible por la mañana.

Lola apoyó su cabeza en la ventanilla pero de inmediato Carlo la movió sobre su hombro

—Descansa. La noche pasa rápido.

Lola se dejó llevar por el sueño, el movimiento del tren la acunaba como cuando era una niña.

Se encuentra nuevamente en el toilette del segundo vagón. Las manos de Carlo introduciéndose en sus bragas. La humedad tibia de su sueño. Los dedos del muchacho jugando con su sexo.

El éxtasis, la laxitud del final. Un ruido la despierta. El tren cambia de vías. Sus ojos se detienen en su falda levantada. La mano derecha de Carlo aún está bajo ella. Está agitada. No ha sido solo un sueño, sino una dulce realidad.

El muchacho la besa en la frente. Ella le devuelve un apasionado y húmedo beso. Los dos se duermen hasta la llegar a la estación.

La máquina se detuvo con un rugido de bestia. Carlo y Lola se despidieron en el andén de la estación. Él estrechó a Lola que se dejó abrazar extrañada. Antes de soltarla la besó en la boca. Lola se dejó llevar en el beso. Separaron sus cuerpos mirándose a los ojos. Alrededor la gente no reparaba en ellos. Cada cual iba o venía a sus lugares.

Era la primera vez que Lola entablaba ese tipo de relación con un desconocido.

—No tengo de qué preocuparme—se dijo para sus adentros—No nos veremos más. Saludó con la mano a Carlo que alcanzaba la salida de la estación perdiéndose entre la gente. Lola tomó un taxi y se dirigió a la reunión.

En la editorial la estaban esperando. Al avanzar entre los escritorios percibió que las miradas masculinas se detenían en sus pechos y su trasero. Se sintió halagada.

La reunión duró hasta las cuatro y media de la tarde. Luego fueron por un refrigerio liviano y volvieron al edificio donde Lola recogió los papeles que debía llevar en su viaje de vuelta. No se había acordado de Carlo ni de aquel efusivo y excitante encuentro furtivo con él, un extraño del que solo conocía su nombre.

Al salir de la editorial una persona le tocó el hombro.

—Has finalizado tu trabajo—dijo la voz. Era Carlo que la esperaba desde hacía una hora.

Lola se sobresaltó.

—¿Qué haces aquí? ¿Cómo supiste dónde trabajaba?

—Tú me lo has dicho. —contestó guiñándole un ojo.

—¿Yo?

—Sí, tú. Me dijiste el nombre de la editorial, Ecos. No hice más que buscarla en el padrón de revistas. —Carlo sonrió satisfecho.

Lola estaba sorprendida y se sentía muy halagada por

ese encuentro. En realidad se sentía sumamente atraída por el joven. A su lado se sentía diferente. Excitada. Feliz.

Hacía mucho tiempo que no experimentaba esas sensaciones estando con Julio.

—Vamos por el café que me prometiste—dijo Carlo para romper el silencio que se había instalado entre los dos.

Ya situados en la mesa de la cafetería, Carlo, con la caballerosidad de siempre ayudó a Lola a sentarse y pidió dos cafés que el mozo trajo en una bandeja.

La joven alzó el pocillo con lentitud y lo llevó a los labios. Saboreó el café. Como si se acordara de algo muy importante, sacó el Blackberry de su bandolera y lo prendió. Tenía siete mensajes de Julio.

La música sonaba a bajo volumen. Parecía que nadie la escuchaba.

*****

2

Paradisso: El hotel de Santiago

En la cafetería había personas muy heterogéneas comiendo y tomando café. Lola miró hacia la entrada como quien espera a alguien. Observó a Carlo y dijo:

—Estoy en una relación. Hace más de un año. Mi novio se llama Julio.

—Te felicito. Ya nadie se compromete por estos días— contestó el muchacho tomando la mano de Lola. Ella no la quitó de ese contacto.

El tiempo se sucedió precipitadamente. El amanecer los descubrió en un hotel de de la ciudad de Santiago.

Julio había intentado comunicarse con Lola por décima vez. En la habitación número 502, sobre una mesita vestida con un elegante mantel color té, descansaba una botella de tequila y dos pequeños vasos. Una hielera de acero inoxidable atiborrada de hielos en forma de cubos reflejaba la luz del cartel de neón del Hotel. La palabra Paradisso se leía en letras color naranja. El hielo se iba derritiendo.

El cuerpo desnudo de Lola se dibujó sobre las sábanas. Movió la cabeza. Al moverla, las puntas rizadas de sus cabellos castaños se balancearon.

Por un momento se quedó pensativa.

—No tienes que pensar en nada. —La voz de Carlo era serena —No tienes de qué preocuparte. Todo está bien.

Por segunda vez en la noche Carlo guió a Lola en un río de placer. Ella intentó moverse. Sintió el cuerpo atado al del joven por redes intangibles. Dentro de ella, Carlo se endurecía y crecía de inmediato.

Sus bocas fueron una sola. La lengua de Carlo era suelta y flexible. Él la lamía, cuello, torso, pechos, vientre, retorciéndose contra ella.

En el momento mismo que la condujo al clímax se apartó de ella en forma súbita. Deseaba lentificar el final. La joven se estremeció entre las sábanas húmedas por el amor. Lola se sentó en la cama, tomó una de sus manos y la condujo a los pechos. Carlo la fue deslizando por el vientre hasta el rozar los bellos del pubis de la chica.

El muchacho pudo sentir la calidez del sexo de la joven. Profundo, ardiente, muy húmedo. La penetró sin encontrar resistencia.

El pecho de Lola se remontaba para bajar y subir de manera agitada. Algunos cabellos húmedos de sudor se le pegaban en la frente. La chica imaginó que estaba flotando en aguas claras de un mar desconocido. Bajó los párpados y se concentró intentando oír el sonido de las olas batiendo contra la playa espumosa y blanquísima. Su rostro ardía como si el sol le diera de pleno. Percibió su cuerpo acariciado por el agua salada de ese mar que ahora comenzaba a serle familiar.

En ese ensueño, era un naufrago que la corriente llevaba hacia adentro devorando. Arrastrada por esa masa acuosa, Lola experimentó placeres que nunca antes había disfrutado con Julio.

Carlo volteó su cuerpo. Lola quedó de espaldas a él. El muchacho parecía conocer cada punto de placer de la superficie de la piel de Lola.

Le pasó la lengua por las orejas y fue bajando recto acompañando la línea de la columna. Lola se retorcía de placer y gemía ronroneando como una gata.

Lola perdió su tren a Antuán. Ni siquiera lo notó.

A la mañana siguiente Carlo la acompañó a la estación

para ayudarla en su viaje de regreso. Él se quedó dos días más en Santiago.

*****

3
De Regreso a Antuán

Al volver a Antuán, Carlo invitó a Lola a conocer su piso.

La joven quedó deslumbrada. Entraron directamente a la sala de estar. Amplísima. Sobre la pared izquierda del living una barra de tragos la dividía dándole un aspecto moderno y ágil. Carlos se desenvolvía dueño de una actitud mágica que la seducía.

Dos ventanas balcón daban al frente. La luz natural iluminaba la sala. Los rayos del sol caían perezosos en la mesa laqueada provocando un rectángulo más claro que se reflejaba en el bargueño de igual madera.

Los sofás, blanquísimos, de cuero, se asentaban en un moquete negro de pelo alto. El amoblamiento se completaba con plantas naturales exquisitamente dispuestas. Palmeras de interiores, piedras chatas agrisadas formando un camino imaginario. Cactus altísimos y tan verdes que, a la luz del sol, el lugar parecía un jardín japonés.

Tres puertas pintadas de negro daban a la recámara principal, la de huéspedes y al baño. La cocina separada del estar por una mesada de granito negro. Sobre ella una profusa variedad de woks y una frutera de madera brillante con frutas de estación. Los limones parecían querer imitar el verde de las plantas.

Lola miraba todo con detenimiento, impactada.

Después de tomar un té de menta que le ofreció Carlo se despidieron en la puerta del piso. Ella subió sola al ascensor. El portero con su impecable uniforme la saludó con énfasis.

No se quedó mucho tiempo pues había recibido un mensaje de Julio en su móvil, la esperaba en el restorán de siempre, el Sushi bar Kirinia, para cenar y comentarle las novedades de su trabajo. Lo habían ascendido con mejoras notorias en su sueldo.

Lola llegó quince minutos tarde.

A ella le gustaba el restorán, era su preferido. Allí se saboreaba el más exquisito sushi y otras delicatesen de la cocina japonesa de Santiago. Arroz, ensaladas de colores, y pinchos de camarones, entre otras delicias afrodisíacas.

El ambiente era acogedor, decorado en tonos rojos y negros sobre la madera laqueada. La música funcional, con melodías japonesas, envolvía esa atmósfera placentera.

Julio la esperaba en una mesa reservada.

Al entrar los hombres voltearon para verla.

—Lola, Dios, te ves bellísima —le dijo Julio a la par que le daba un beso en la mejilla. La joven llevaba un pantalón y camisa de raso color negro. Los primeros botones desabrochados hacían que se formara un pico que moría en el nacimiento de sus turgentes senos. La piel morena de la joven era tersa, brillante. Su cuello largo y delgado se embellecía con un collar de perlas blancas naturales que combinaba con los aros colgantes.

Julio le acercó la silla. Ella se sentó con delicadeza. En verdad experimentaba un gran cambio. Se veía una mujer decidida. Carlo había acrecentado su autoestima.

Después de ese halago ordenaron la comida.

El mesero regresó con dos platos blancos de porcelana cuadrados. Nigiri sushi para Lola. Una delicadeza finamente distribuida en la blancura infinita del plato. Esferas de arroz cubiertas por lonjas de salmón. La comida desbordaba colores.

Temaki para Julio, un sushi en forma de conos que dormían envueltos en la oscura alga Nori. Los trozos de pescado y el arroz formaban una verdadera obra de arte.

Julio no hizo más que hablar de él. Lola casi no lo escuchaba, pensaba en Carlo. En sus juegos eróticos. En el placer que aprendió a sentir con él.

—No veía la hora de verte y contarte las novedades. Estoy feliz como nunca Lola. Me ascendieron—Julio estaba eufórico, bebió dos copas de champán una tras otra. Lola esperaba que le preguntase por qué no iba a dormir al piso que compartían como pareja.

Sin embrago él no dijo nada sobre ello. Escuchando a Julio Lola tomó los Kuai Zi de madera largos, de palo de bambú con su punta redondeada, pinchó un pequeño trozo de sushi y se lo llevó a la boca saboreándolo con placer, casi el mismo que experimentaba con Carlo.

—Desde luego me aumentaron el sueldo y como me han dicho en poco tiempo me harán socio de la firma. —Julio era un mar de palabras.

—Qué bueno. Te felicito—Su novio no la dejó seguir la conversación y la interrumpió diciendo

—Es una oportunidad única para mí, Lola. Ya les hablé a mis padres. Están contentísimos. Te mandan saludos.

—Hace mucho que no los vem…—Julio volvió a interrumpirla. Después de ello Lola decidió no hablar más.

—Nos cambiaremos de piso. Tengo que recibir a personas importantes y además podemos darnos el lujo de hacerlo con mi nuevo sueldo.

Lola tenía su mente en Carlo.

—Brindemos. —Tomó la botella de champan y volvió a servir las copas. Lola levantó la suya pero lo hizo por Carlo.

Al terminar la cena, Julio colocó el tapado de cachemira gris de ella sobre los hombros. Era tan liviano y suave que parecía un gorrión.

Se dirigieron al parking y subieron al coche de Julio.

—Lo voy a cambiar esta misma semana. —Lola asintió con la cabeza y esbozó una sonrisa. Se acomodó en el asiento y cerró los ojos. El cuerpo de Carlo desnudo se dibujaba en su mente.

Al llegar al piso que compartían desde hacía un año traspasaron la puerta de calle uno al lado de otro como una pareja aburrida del matrimonio.

Se desvistieron en la habitación y se acostaron sin ningún preámbulo amoroso. Lola comparó inevitablemente el contacto sexual con su novio y los eróticos y prolongados encuentros con Carlo. Sin duda Carlo era el ganador.

Julio se estiró encima de ella y la penetró hasta eyacular.

Al día siguiente Lola se encontró a las seis de la tarde con Carlo, en su piso de la calle Salas. La música de fondo era tranquila. Lola reconoció que la melodía era de Jazz.

El joven la recibió vestido de manera informal y atractiva. Un suéter negro de hilo con escote redondo. Su pantalón era de dením del mismo tono. Lola se extrañó de su piel bronceada en otoño. Calzaba zapatillas deportivas también negras.

La joven estaba deslumbrada tanto como por el mobiliario como por Carlo. Se sintió una estrella de película. El departamento que rentaban con Julio era amplio pero no tanto como el de Carlo y estaba decorado de un modo muy sencillo y austero. El apartamento de Carlo se veía demasiado lujoso para ella.

Él se dirigió a la barra que dividía el estar de la mesa laqueada y sirvió una medida de whisky en dos vasos de cristal labrado. Lo hizo con soltura como si lo hiciera desde siempre.

—¿Gustas un trago?—preguntó el joven extendiendo su brazo hacia Lola. El líquido ámbar se movía diluyendo los hielos.

Se sentaron en el sofá de cuero negro.

Carlo pasó su brazo derecho por el hombro de Lola. Ella reclinó la cabeza apoyándose en él.

El muchacho acarició la rodilla de Lola y en breve, hizo unos movimientos con su mano indicándole a Lola que abriese las piernas. La falda amplia de lana color azul tapaba sus muslos.

Carlo levantó sin prisa la falda. Sus dedos expertos jugaron en la piel de los muslos de Lola, hasta perderse en los bordes de las minúsculas bragas negras y de suave encaje.

La joven era puro éxtasis. La cabeza estirada hacia atrás, los brazos demorados en los almohadones. Vibraba al son del capricho de Carlo. Él la llevaba a un universo del placer que jamás había experimentado.

Carlo se separó lento de ella, retirando su mano del sexo de Lola. Siempre lo hacía cuando percibía que ella estaba por llegar a su clímax. La joven se sintió molesta. Respiró hondo y arregló su falda. Tomó el vaso y bebió unos sorbos.

Pasó la lengua por el borde y luego la demoró como imitando a Carlo en su actitud en uno de los cubitos. Él sonrió, sacó la suya y copió a Lola con su lengua.

Carlo se levantó del sofá y entró a la habitación que funcionaba como estudio. Volvió con una bolsa de cartón con manijas de seda roja. En el frente se leía un nombre de reconocida marca de ropa interior femenina. Lola la conocía pero nunca se había atrevido a comprarse esos modelos eróticos. Era demasiado tímida en su relación de sexo con Julio.

Las manos de Carlo se introdujeron en la bolsa. Sacó de ella otra bolsa pequeña, transparente y se la entregó a la joven. Ella se quedó mirándola intrigada.

—Lúcelo para mí—la voz de Carlo penetró los oídos de Lola. Era un conjunto negro de encaje con un portaligas elastizado. Las medias de seda también negras formaban un complemento que jamás había imaginado que usaría.

La joven la tomó con cuidado. Desplegó la prenda y la apoyó en su cuerpo sobre la ropa de calle.

—Te ayudo—musitó Carlo, acercándose a Lola.

La música acompañaba ese momento de sensualidad extrema.

Lola bajó la cremallera de su blusa. La seda resbaló sobre el torso de la joven dejando al desnudo sus pechos. No llevaba sostén. La joven intentó quitarse la falda pero Carlo la detuvo.

—No hay apuro, mi cielo—le susurró al oído. Lola no podía esperar que Carlo la penetrara. Se llevó su mano a las bragas e introdujo los dedos en su sexo. Arqueó la cabeza hacia atrás mientras el vaivén se su mano la llevaba al orgasmo.

Carlo la sostuvo de la cintura para sentir en su cuerpo los estertores que envolvían a Lola. Apoyó su pelvis a la joven. Lola pudo percibir la dureza del sexo de Carlo quien después de unos minutos la condujo a la recámara. La única melodía que se escucha era la respiración de los jóvenes.

Lola se sentó en el borde de la cama y se fue colocando las medias de seda mientras Carlo pasaba su lengua por la espalda de la joven.

El muchacho la empujó con delicadeza, Lola cayó laxa sobre el cubrecama. La falda de lana azul había quedado en el camino.

Carlo le quitó las bragas. Lola se incorporó en la cama y de rodillas comenzó a desvestir a Carlo. Él se dejaba amar de un modo que Lola jamás había experimentado.

Una vez desnudo se acostó sobre la joven. Lola se preparó para entrar a otro universo de placer.

Carlo se detuvo en sus nalgas. Los labios del muchacho se abrieron y cerraron con ritmo sobre la piel. Lola le pedía que la penetrara, sin embargo él deseaba alargar el tiempo.

Después de hacer el amor se vistieron y Carlo preparó la cena.

Se desplazaba dueño de ese universo como un verdadero chef. El fuego de la estufa entibiaba el amplio estar.

Lola lo miró embelesada mientras abrió su notebook y revisó el correo electrónico. Tenía ciento once correos en la bandeja de entrada.

Solo tres le interesaron. Era su jefa, le avisaba que estaba atrasada en la entrega de sus artículos para la revista. Los demás no los abrió.

El Blackberry de Lola sonó varias veces quebrando la atmósfera de calma del piso.

—Atiende nena—dijo Carlo con un dejo de ironía en la voz al tiempo que levantó la tapa de la olla donde se cocinaban los espaguetis.

—Déjalo sonar. No quiero atenderlo—Lola sabía que por la hora lo más probable era que fuese Julio para preguntarle cómo estaba y cuándo regresaría a la casa. Cosa que Lola trataba de alargar al límite.

Al quinto timbre atendió. Era Julio.

—¿Cómo estás? —Preguntó la joven —Yo demorada en una reunión. —Estaba agitada.

—¿Te encuentras bien? Te noto alterada. Cuídate, ¿sí? —Se oía preocupado por su novia.

—Está bien, me cuidaré. Nos vemos luego. No me esperes levantado, tal vez nos quedemos a cenar en el Centro. Dormiré en casa de Susy.

Su novio ignoraba la traición y le pidió que se cuidara al volver.

Al cortar la llamada Lola se dirigió a su amante

—Me siento terrible, Carlo. No debería estar aquí.

—Chiquita. La vida es así, hay que disfrutarla. No te culpes. Tienes tiempo de sobra para decírselo, eso si te parece conveniente —Lola se abrazó a él.

La joven se quedó esa noche y las sucesivas de esa

semana en el piso de Carlo inventando diferentes situaciones de reuniones laborales y diferentes amigas con quienes dijo haber dormido.

Pasadas dos semanas, Julio comenzó a sospechar de la actitud de su novia. No le cerraba en su mente que se quedara con sus amigas o compañeras de trabajo por la comodidad de la cercanía de la oficina, aunque no se atrevió nunca a llamar a los teléfonos fijos de las mujeres que supuestamente la recibían en sus casas.

Por la mañana del jueves, Julio llamó a Esteban Ordoñez, ex empleado de seguridad del buffet donde trabajaba.

—¿Cómo está, señor Ordoñez? Habla Julio Maccar. ¿Me recuerda?

—Por supuesto, señor Maccar, ¿ha sucedido algo en la oficina?—El hombre se escuchaba realmente intrigado con el llamado.

—En la oficina no, Señor Ordoñez. Es algo personal— dijo Julio con voz ronca.

—Diga usted. Lo escucho.

—Mi novia me engaña. Necesito confirmarlo.

—¿Está seguro, señor? Muchas veces ocurre que situaciones confusas arriben a esas conclusiones desafortunadas…

Julio no lo dejó continuar.

—¿Tomará el trabajo o no? —Era cortante en su pregunta.

—No dije eso, es que tal vez necesite reflexionar sobre el tema.

—Estoy decidido. Le pido que mantenga la máxima discreción, por favor.

—Ni lo diga. Estoy seguro que me llamó porque conoce mi labor profesional

—Sí, disculpe Ordoñez, no lo tome a mal. Es que es algo muy difícil para mí.

Julio le dio los datos de Lola a Esteban Ordoñez tal como se lo solicitó.

Al llegar al piso de Carlo, ese jueves por la tarde, Lola escuchó el ruido del agua en el baño.

La joven se fue desnudando por el corredor. Las prendas formaban una hilera sensual que marcaba los próximos instantes de placer. Sus piernas desnudas eran largas y morenas. Se quitó la camisa y pasó sus manos frías por sus pechos. Los pezones se irguieron.

Cinco minutos despúes Carlo y ella comenzaron a amarse como dos peces en la tina. Con los movimientos, la espuma crecía a medida que se buscaban en el agua. Carlo se colocó del lado de la canilla y Lola enfrente de él, en el otro extremo. Las burbujas blanquecinas cubrían sus desnudeces. El rostro de Lola lucía relajado y con tonos rojizos.

—Vi a Julio anoche—dijo Lola en un susurro.

—¿Se acostaron? No tengas reparos en decírmelo. Sabes que no me opongo a que continúe su relación. —Carlo estaba más calmo de lo que Lola esperaba.

—Pues sí, nos acostamos. Me sentí una perra.

—¿Por qué, Lola? Ya hablamos de ello. Yo no deseo ser tu carcelero. Tienes toda la libertad que quieras.

—No es por ti, Carlo, es que Julio no se merece que yo lo engañe.

—El amor no tiene exclusividad Lola. Eres demasiado conservadora en esos pensamientos.

—Ven—Le dijo—Ven aquí, pequeña—Lola se entregó a Carlo como un pequeño cachorro.

Afuera la tarde enrojecía a la luz de los últimos rayos de sol. Luminosidades mínimas entraban por las rendijas de las ventanas provocando destellos en los azulejos claros del cuarto de baño. La tina era escenario de sensualidades compartidas.

El rostro de Lola estaba en parte cubierto de espuma. El deseo se instaló en los dos. Sus piernas se enredaron bajo el agua y la espuma resbalaba entre sus pieles. El contacto los excitó a ambos.

Como un pez contra la corriente, el pie izquierdo de Carlo se deslizó bajo el agua hasta encontrar el centro de las piernas de Lola. Con la destreza del que se mueve en su medio hurgó y separó las esbeltas piernas de la joven. Su cabello mojado se pegó sobre su rostro carmesí.

Lola crispó el semblante y siguió hurgando ella también en el sexo de Carlo, haciendo giros con sus dedos. Pudo sentir la erección del muchacho en la planta de sus pies. Se arqueó como una cuerda y salió del agua cubierta de espuma. Al sentarse, sus pechos aparecieron sobre la superficie del agua como dos turgentes bulbos. Los pezones tiesos, erectos, rosados.

Carlo jugó también a ese juego delicioso que los comunicaba desde el deseo. Demoró su pie en el interior de la cueva húmeda y tibia de la joven. Sus paredes tersas se dilataban y latían. Los dos dibujaban con los pies sus sexos con placer, buscando el punto exacto que los conducía al éxtasis.

El se movía certero, parecía saber con exactitud cómo llegar a ese umbral.

Lola se deslizó por el agua, tomada del brazo de Carlo hasta llegar a su lado, en el otro extremo de la bañera.

—Eres adorable, Lola —le dijo.

Ella rió al tiempo que se paraba en medio de la tina, para mostrarle a Carlo su cuerpo curvilíneo. El cuerpo que el joven había acariciado hasta saciarse. La espuma se había quedado prendida al cuerpo de Lola como lo hacen las olas al besar la playa.

La joven se llevó las manos a los pechos y deslizó la espuma por la piel de sus pechos y de su vientre para terminar en su sexo. Instantes después sumergió su cabeza en el agua. Al salir sopló sobre la superficie levantando pompas iridiscentes que llenaron el cuarto de luces húmedas y sensuales.

Una vez fuera de la tina, Carlo se secó su cuerpo con una esponjosa tolla roja y le dijo a Lola

—Necesito pedirte un favor.

—¿Qué necesitas?—contestó la joven.

—¿Podrías depositarme en el cajero del Banco City la renta del alquiler del piso? Es que yo voy a estar muy ocupado en una reunión de negocios y me será imposible hacerlo. No me he dado cuenta que ya se vence el plazo mensual.

—Desde luego, me queda en camino. —Lola se sentía muy a gusto que Carlo confiara en ella. Los dos salieron del cuarto de baño hasta el living.

Carlo fue hasta el escritorio que se encontraba en la sala de huéspedes que funcionaba como biblioteca y salió con un papel alargado en su mano.

—Lola, me he quedado sin cheques. —¿Podrías extender uno para mí? Luego te lo repongo. ¿No te molesta, verdad?

—Absolutamente Carlo. Cuenta con ello.

Lola pasó por el Banco y depositó en la cuenta de Carlo

el importe solicitado. Él le había dado su CBU.

*****

4
Ordoñez

Julio Ordoñez trató de localizar a la joven. Eran las tres de la tarde, después del llamado de Julio se preparó para el seguimiento como lo hacía de costumbre.

Era un hombre alto, de contextura robusta. Años de practicar boxeo habían endurecido su mandíbula y su carácter.

Tomó el anotador donde había apuntado los datos sobre Lola. En la oficina confirmaron su horario de salida. A las cinco y media se paró frente al edificio, sacó un atado de cigarrillos arrugado. Le quedaba solo uno.

Se apoyó contra una puerta de hierro forjado que lo superaba el doble en altura y contempló la torrecita del edificio donde trabajaba Lola, era de bronce y el paso de los años la había enverdecido. Sobre ella una paloma posada proyectaba un arrullo monótono en aquella escena.

Acomodó sus cabellos para atrás. Los notó largos. Necesitaba una cita con el peluquero.

Volvió a colocar el paquete de cigarros en el bolsillo de la chaqueta de corderoy marrón con parches de gamuza en los codos y sacó un caramelo de limón, lo desenvolvió y se lo metió en la boca.

Hacía un tiempo que disolvía caramelos como pretexto para dejar de fumar y desde entonces, a cambio, no podía vivir sin tener a mano un caramelo de limón.

Mientras contemplaba la cúpula, la paloma siguió posada arrullando en un idéntico tono regular, como un empleado que graba un timbre en cada una de las hojuelas de un formulario.

Después de unos minutos de estar parado allí, tiró el caramelo a medio chupar al suelo cuando ya había exprimido todo su néctar. Dirigió de nuevo la mirada hacia el lugar donde se proyectaba la sombra del pájaro. Sacó el paquete de Marlboro y encendió otro cigarrillo. Lo había comprado hacia ya una semana.

Se quedó unos instantes fumando en silencio, mirando la doble puerta del edificio de enfrente. Hombres y mujeres que entraba y salían. Ninguna con la descripción que Julio había hecho de Lola. Con disimulo levantó la cámara de fotos y enfocó a la dirección de la puerta. No deseaba perder el objetivo.

—Cuando hay que resolver algo importante, lo mejor es dar ventaja a los detalles intrascendentes. Empezar por cosas a veces estúpidas, esas que cualquiera puede ver, que cualquiera puede deducir o aquellas a las que no se les da importancia. Invertir mucho tiempo en ellas. Así se resuelven los grandes enigmas—se dijo Ordoñez.

Acompañando la dirección del humo del cigarro volvió a dirigir la mirada hacia arriba. Los tres ojos alargados de la cúpula se alzaban imponentes, la paloma había desaparecido.

Se quitó los lentes y levantó el rostro hacia el sol, aunque estaba nublado, cerró los ojos con fuerza, como si le molestara. El tiempo fluía más y más despacio.

Tiró la ceniza del cigarrillo al piso y comenzó a caminar hacia Centenario, desde allí tenía una vista más amplia de la puerta del edificio.

Pudo oír soplar el viento. En ese momento salió del edificio Lola. Ordoñez tomó la primera foto.

La joven paró un taxi en la esquina. Ordoñez otro. Desde la ventanilla tomó la segunda foto. Desde ahí no pudo seguir contando el número de disparos de la cámara.

Al llegar a la Calle Salas y Centenario el taxi paró. Ordoñez pidió al conductor que pagara. Pagó la suma que marcaba la tarifa y bajó apurado, desde la vereda siguió registrando los pasos de Lola.

Lola sacó de su bandolera una llave y abrió la puerta del edificio.

El portero la saludó. Cuando tomó el ascensor Esteban Ordoñez llamó al portero desde afuera, le hizo señas con unos papeles que tenía en la mano. El hombre dudó en acercarse, sin embargo ante la insistencia del detective lo hizo.

—Vengo a traer unos papeles que olvidó esa muchacha en mi taxi. —Señaló con el dedo el camino que Lola había trazado hasta el ascensor. La joven que entró recién. La morena. Tal vez sean de importancia.

—¿Quiere dejármelos? Apenas la vea se los doy.

—Me gustaría dárselos en mano. Pues si reclama a la compañía tendré problemas.

Ante lo determinado que se veía Esteban el portero abrió la puerta.

—El quinto D, dijo el portero. —Solo un minuto. —aclaró el portero apretando el botón del timbre de entrada.

—En un minuto vuelvo. —contestó el detective empujando la puerta al oír la chicharra de apertura.

Para suerte de Ordoñez Lola estaba entrando al departamento de Carlo. Era evidente que no encontraba las llaves.

Tomó la milésima foto donde se veía Lola entrando al departamento D del quinto piso de la calle Salas y

Centenario.

Antes de llegar a los diez minutos el detective, después de agradecer al portero por permitirle entrar, salió del edificio, cruzó la calle y entró a la cafetería de enfrente. Las agujas de su reloj pulsera de metal señalaban las seis y cuarenta.

Entró por la puerta de la calle Centenario. Atravesó el angosto espacio que quedaba entre las mesas y la barra, ocupó una mesita con tres sillas sobre la pared vidriada que daba a Salas. Dejó la chaqueta de corderoy sobre el respaldo de la silla contigua.

Una luz lo iluminó. Miró hacia arriba, una de las tres lámparas cónicas y opalescentes que colgaban del techo daba de lleno en su cabeza. Un leve sonido musical se escuchaba desde el parlante que estaba a unas mesas de él. La canción sonaba a bajo volumen. Nadie la escuchó, por supuesto, Ordoñez tampoco. La letra del coro se tapaba con voces de conversaciones y ruidos de vajilla.

Desde dónde estaba sentado Ordoñez podía ver la calle y sus movimientos. Miró cada mujer y hombre que entraban. Era su hábito desde hacía más de veinte años cuando decidió tomar el curso de detective.

En el extremo de la ochava de la confitería una chica con rasgos orientales leía un libro.

—Debe ser una estudiante—pensó Ordoñez. Estaba acostumbrado a sacar deducciones según las actitudes de las personas.

El par de anteojos cuadrados reforzaba el contorno de la cara de la joven. De vez en cuando fruncía las cejas concentrándose en la lectura sin apartar los ojos del libro. Parecía masticar a conciencia el contenido.

El detective recordó cuanto le gustaba a Fernando, su hermano menor, leer. Pasaba noches enteras con la luz prendida leyendo y estudiando.

—¿Qué estará leyendo?—se preguntó Ordoñez. Era un grueso tomo de tapa dura. Desdibujado, en la tapa, Esteban percibió unas letras blancas.

El mesero dejó la carta del día haciendo un ademán rápido sobre la mesa delante de él. Esteban hizo un gesto con la mano sobre la carta de precios, al mismo tiempo que pidió un café.

El hombre apoyó sus codos sobre la barra del bar, y sosteniendo la bandeja con una mano hizo el pedido.

Ordoñez volvió a mirar hacia afuera. El mesero puso la taza frente a él y dejó el ticket al costado debajo del servilletero.

Ordoñez se concentró en la etiqueta de la jarrita de loza.

Un rectángulo dorado la dividía en cuatro cuadraditos. Arriba, en el borde del pocillo, una coronita remataba el diseño. Leyó las letras escritas y selladas a fuego: espresso.

Levantó el pocillo y sorbió el café caliente. No sintió el sabor, solo lo tomó porque era lo que debía hacer.

Dio una mirada a la cámara digital que había dejado sobre la mesa. Dentro, las futuras fotos que iniciaba el caso Maccar, dormirían cobijada en la memoria del equipo.

La chica del libro levantó la vista de la página, miró la hora en su móvil y luego echó una mirada a Ordoñez para volver a retomar la lectura.

Ordoñez alzó su mirada al reloj que se encontraba colgado en la pared de la cafetera, sobre un muro pintado de verde inglés. Las siete y cinco.

Recorrió de un vistazo el interior del local y dirigió sus ojos hacia la puerta de Centenario vigilando la entrada del edificio donde Lola se encontraba. La joven no hizo ninguna a parición hasta ese momento.

Afuera, del otro lado del bar, tres perros merodeaban por la vereda de la cafetería. Uno de ellos, el negro, tenía un collar de cuero gastado, se tiró paralelo al detective, detrás de la ventana, sobre las baldosas.

—Gracias por hacerme compañía, viejito ¿Estás tan solo como yo, no?—pensó Ordoñez.

Los otros dos perros siguieron a la gente unos pasos sin dejar la esquina.

El perro negro tenía el hocico abierto, como la boca de la chica del libro ahora en su bostezo. Ordoñez parpadeó, respiró hondo y dejó el pocillo de café sobre el platito.

Cinco veces más llamó al mesero por otro café.

Dentro del departamento de Carlo se iniciaba otra noche de amor.

Convertidos en un manojo de sensualidad y erotismo, Lola y Carlo enredaron sus cuerpos una vez más cruzando las piernas el uno sobre el otro. La ciudad dormía entre ruidos cotidianos.

Coches de diferentes colores y marcas, se dirigían, de norte a sur, de este a oeste como ejército de hormigas aisladas y nocturnas

Ellos, ajenos al trajín de la noche que comenzaba con sus ritos acostumbrados, fundieron sus labios en las humedades de sus bocas.

Radiantes rectas horizontales de luz arrojadas por las luces del alumbrado de la calle y algunos carteles de negocios, penetraban en la habitación a través de las hendiduras de la persiana dibujando figuras geométricas sobre la espalda desnuda de la joven.

Cenaron en la cama. Alrededor de las tres de la mañana, al levantarse Carlo para llevar la bandeja con los platos a la cocina, su móvil, que estaba sobre la mesa de luz, sonó tres veces, Lola en un acto reflejo atendió el llamado.

—Aló—dijo con voz adormilada.

Del otro lado de la línea se percibió el silencio. Luego de un instante brevísimo se escuchó

—¿Carlo?

—¿Quién lo busca?

—Amanda—la mujer que llamaba sonaba sorprendida.

—¿Usted es…?

—Lola. Me llamo Lola. Ya le comunico con Carlo. Aguarde.

 Lola llamó Carlo que en ese momento entraba a la recámara.

—Una llamada para ti. Te busca Amanda.

—Amanda. ¡Qué sorpresa! ¿Cuándo has vuelto de París?

—Ayer por la noche.

—No te esperaba hasta el lunes de la semana entrante.

—¿Solo eso me dices? Debimos adelantar el regreso. Problemas en la empresa de mi marido. ¿Quién es la chica Carlo? ¿Mi reemplazo?

—No seas tan dura Amanda.

—Oye Carlo no te excedas. No te conviene.

—¿No me conviene a mi o a ti?—Carlo le hizo la pregunta con sorna.

—¿A qué refieres? —contestó Amanda. La respuesta de Carlo la había alterado

—¿No te parece demasiado ácida la conversación para esta hora de la madrugada, amorcito?

Lola no podía salir de su asombro. ¿Cómo se atrevía Carlo a hablar delante de ella con esa mujer? ¿Quién era entonces ella para él?

No pudo soportar más oírlo más en su conversación con Amanda y se retiró al toilette de la suite. Puso el pasador de seguridad. Se apoyó sobre la puerta y se fue deslizando desnuda sobre ella hasta quedar sentada en el piso. Lloró con impotencia.

El picaporte se movió. Era Carlo.

—¿Lola? ¿Qué haces? Sal de ahí.

Lola no contestó. Las palabras se ahogaban en su sollozo.

—Lola, déjame entrar para explicarte. No te comportes como una niña. ¡Abre! —Carlo dijo esta última palabra realmente enfadado.

—La muchacha se levantó y abrió la puerta.

—Pero mírate. ¿Qué te ha pasado?

—¿Y todavía lo preguntas? Eres un cretino.—Lola estaba furiosa.

Eran las tres de la mañana cuando la cafetería estaba casi vacía, que Ordoñez pudo observar que se prendía otra luz en el piso de Carlo. Agudizó sus sentidos.

Contó para cerciorarse que en verdad se trataba de ese piso. Uno. Dos. Tres. Cuatro. En el quinto vivía Carlo. Dejó el dinero de los tickets y salió apurado del lugar. Una vez a fuera de la cafetería levantó la cámara con velocidad y localizó la ventana que se había iluminado apenas unos instantes atrás. Con su objetivo capturó el cuerpo desnudo de Lola sobre una puerta negra. La joven lloraba. Ordoñez disparó el botón rojo de la cámara digital siete veces. Siete instantáneas de Lola deslizándose hasta desaparecer de la vista del detective.

Ordoñez se sintió confundido. En muchos de sus casos había tenido que fotografiar mujeres, la mayoría de las veces en su desnudez, pero nadie lo había impactado tanto como ese rostro hermoso y surcado de lágrimas.

Se quedó observando el piso, la ventana iluminada. La ausencia de Lola.

Unos minutos más tarde una silueta se dibujaba en ese cuarto. Pudo ver un hombre. Ordoñez tuvo la oportunidad de fotografiar a Carlo.

Luego, la figura de Lola se fundió con la del muchacho.

El detective se quedó hasta las cinco de la mañana frente al edificio. Solo se movió para comprar cigarrillos en una licorería que estaba abierta las veinticuatro horas.

Al llegar las siete de la mañana, con los ojos enrojecidos por el cansancio y las piernas entumecidas por el frío, el detective cayó en cuenta de que había consumido la cajilla entera de cigarrillos.

Entró nuevamente a la cafetería y pidió el desayuno. El camarero trajo las tostadas, la mermelada de naranja y el té que Ordoñez había pedido. La tetera de porcelana blanca lo acompañó hasta las ocho y veinte cuando vio salir a Lola del edificio de Carlo.

Pagó la cuenta y la siguió hasta su trabajo. Cuando la puerta se cerró detrás de muchacha, Ordoñez se fue a su piso a descansar.

—Escucha Lola—la voz de Carlo sonaba imperativa.— Tú no tienes la exclusividad sobre mí. ¿Entiendes? ¿Te queda claro?

Lola no pudo contestar.

Carlo avanzó sobre ella y la besó en la boca casi mordiéndola. En ese momento Ordoñez tomaba la fotografía de la pareja que volvió a la cama para vivir otro momento de amor.

Lola estaba convencida de que Carlo la llevaba por caminos de placeres que nunca antes había transitado. Sin embargo, la joven no comprendía que no era Carlo quien tenía toda la virtud de hacerla vivir esas sensaciones, sino que ella había derrumbado la barrera del prejuicio y podía ser una mujer nueva, auténtica sensual y desinhibida.

Después de vestirse, Carlo le pidió a Lola dinero para pagar la tarjeta de crédito. Esta vez la excusa del muchacho fue que no se habían acreditado unos cheques.

La campañilla del reloj despertador sobresaltó a Ordoñez despertándolo. Miró las manecillas que marcaban las dos y media de la tarde. Se levanto embotado. Comió un sándwich de jamón parado en la cocina y se cambió lo más rápido que pudo.

A las tres tomó un taxi frente a su edificio y pidió al conductor que lo llevase a Salas y Centenario. Allí, en la misma cafetería esperó por Carlo.

Tras despedir a Lola que se iba a su trabajo, Carlo dejó pasar unos minutos y llamó a Amanda. Quedaron en verse a las tres y media en la esquina de Salas y Centenario. Carlo la esperaría en su coche.

Amanda llegó a horario, bajó del taxi y en instantes subió al coche de Carlo ubicándose a su lado. La cara de la mujer lucía un gesto de impaciencia y disgusto.

Carlo le dio un beso en la mejilla que ella recibió sin mover la cabeza.

—¿Estás enojada?

Amanda no respondió. El coche de Carlo arrancó por Salas, Ordoñez tomó registro fotográfico de todo y siguió el viaje del coche desde un taxi. El Mercedes color plata aparcó en una calle arbolada. Primero bajó de él Carlo para luego abrir la puerta de Amanda. La pareja bordeó la entrada del Complejo de bungalós. En total eran cuatro. Dos a la derecha y dos a la izquierda. Carlo abrió la puerta del segundo de la izquierda. Entraron. Ordoñez pagó y bajó instalándose en el jardín de atrás del Complejo. Llevaba puestas unas gafas de sol. No dejó de registrar ningún movimiento de la pareja, tomando detalles de sus rostros.

Carlo rodeó a Amanda con el brazo, atrayéndola contra él.

La mujer se retorció en una negativa.

—Suéltame.

—¿Qué sucede querida?—dijo el muchacho separándose de ella.

—Sucede que te has pasado.—la voz de Amanda sonaba enojada. Frunció la frente y se dio vuelta dejando a Carlo parado en medio del amplio estar.

—¿Puedes explicarme que te ocurre? Es que no entiendo tu mal humor.

—Mi marido se ha dado cuenta del tremendo retiro de dinero que se hizo de mi cuenta. ¿Cómo te has atrevido a hacerlo?

—Amanda, todo por unos giros de dinero. No seas exagerada. ¿Qué le harán a la fortuna de tu esposo?

—A él nada por supuesto. Pero yo debí de inventar una historia para justificarlo.

Carlo se acercó a ella y la abrazó.

Amanda, mansa, se dejó envolver por los brazos de Carlo.

Carlo la levantó y la sostuvo contra la pared, alzada del piso por unos veinte centímetros. Las manos ávidas del muchacho exploraron cada orificio del cuerpo de la madura mujer que gemía de placer.

Palabras dulces y calientes enredaban los labios de Carlo sobre los oídos de su amante.

—Carlo. Carlo—susurraba Amanda, mientras jadeaba.

Envueltos en un abrazo de placer fueron la explosión de una fruta madura.

En la alcoba penetró la luz como el sexo de Carlo en el de Amanda, finalmente ambos pudieron escuchar los sonidos del silencio.

Su sexo fue nido, manjar, cumbre, precipicio. Carlo la introducía en ese universo de placer al que ya estaba acostumbrada.

Luego, tendidos en el moquete negro del living reposaron el cansancio del amor. La boca de Amanda merodeó por el pecho de Carlo. La piel del muchacho se erizó. Pasó sus pies por los de ella acariciándolos. Las palmas de sus manos se encontraron y sus bocas se volvieron a fundir en un húmedo y profundo beso.

Amanda sintió que Carlo era único.

Ordoñez no pudo registrar nada de aquello que sucedía en el interior del bungaló. Antes de atardecer, después de intentarlo todo para hacer su trabajo, se dio por vencido y volvió a la cafetería de la calle Salas y Centenario. Lola entró al edificio a las seis y media de la tarde. El detective se acomodó para seguir sus movimientos.

Lola abrió la puerta balcón del living del piso de Carlo envuelta en un ligero negligé color lavanda. Ordoñez volvió a salir como siempre de la cafetería y alzó su cámara digital. Después de tomar unas diez fotografías la pasó a la función de video. Quería conservar la imagen de Lola en todo su esplendor.

Lola llevaba en su mano trocitos de pan que colocó en tres pequeños platitos de plástico. Todas las tardes cumplía con ese ritual para alimentar a los gorriones que se posaban en el balcón del piso. Al inclinarse, el negligé cayó sobre su espada dejando los hombros y los pechos al descubierto. El frío hizo que se erizaran formando picos rosados sobre los senos. Ordoñez se excitó. Notó cómo se endurecía su miembro.

Deseó tocar a Lola, besarla en la boca. Estar junto a ella, acariciar su piel.

A las siete y media llegó Carlo, estacionó su coche por la calle Centenario y entró al edificio. El portero lo saludó.

Ordoñez sintió envidia por él. Deseó ser Carlo. En ese instante sonó su móvil. Después de tres timbres Esteban atendió. Era Julio.

—¿Alguna novedad señor Ordoñez?

El detective dudó un instante en contestar.

—Ninguna—dijo—No estaba seguro de revelarle aún los pasos de Lola.

—Por favor, manténgame al tanto. —El hombre percibió angustia en la voz de Julio.

—No lo dude señor Maccar. Lo mantendré informado.

Julio cortó la comunicación.

Ordoñez sentado frente a un vaso de whisky miró las fotos de Lola una y otra vez. Allí comenzaría su obsesión por la joven.

*****

5
Encuentro Inesperado

Al llegar la mañana del día siguiente Ordoñez forzó el encuentro con Lola.

—¡Taxi, taxi!—gritó Lola en la esquina del edificio.

Ordoñez la alcanzó en el cordón de la vereda y la empujó con suavidad como si no la hubiese visto.

—Disculpe—dijo el detective. El taxi pasó de largo.

Lola lo miró.

—No tiene importancia—respondió la joven. Solo he perdido el taxi.

—Déjeme recompensarla, por favor —dijo el detective.

—No se moleste. Está bien.

—No. De ningún modo. Le conseguiré uno de inmediato.—La voz de Ordoñez sonó segura.

Tendió su mano presentándose.

—Esteban Ordoñez—dijo—Debe perdonar mi torpeza.

Lola extendió la mano y las dos se fundieron en un apretón manso pero firme.

—¿Hacia dónde va?

—Al centro.

—Allí viene uno. ¿Le molesta compartirlo? Yo también viajo al centro.

Ordoñez paró el taxi y condujo a Lola adentro para luego sentarse junto a ella.

El chofer aguardó unos segundos esperando la indicación.

—Primero las damas—dijo el detective. Lola lo miró dibujando una sonrisa de Gioconda.

—21 de Mayo y Santo Domingo.

El taxi arrancó para dirigirse hacia el lugar solicitado.

—Lo menos que puedo hacer es invitarle un café —Ordoñez la miró embelesado.

Lola no contestó y miró por la ventanilla del coche los otros vehículos que se desplazaban por la calle.

—Por favor—insistió el detective.

Lola aceptó el pedido con una sonrisa.

Después de pasar media hora en la confitería cerca del trabajo de Lola, Ordoñez la acompañó hasta la puerta de entrada del edificio donde quedaba la oficina.

—Te invito a cenar—Ordoñez se sentía tan atraído por Lola que no se preocupaba en demostrarlo.

Para su sorpresa, Lola aceptó. Carlo había salido de la ciudad por tres días.

—Nos vemos a las ocho en la confitería que está en esquina donde nos conocimos—Ordoñez conocía bien el lugar.

—Excelente. A las ocho entonces—agregó el detective —Que tengas un buen día.

En su piso, Ordoñez, alimentó su obsesión por Lola. Bajó las fotos de la cámara digital a la computadora y luego las pasó en el proyector.

Esteban acarició la pantalla dónde se proyectaba la imagen de Lola. Cada uno de sus hombros, su pecho, su vientre eran presos de una erección.

Por primera vez Esteban Ordoñez no pudo separar la labor profesional de sus emociones.

El encuentro con Lola fue una revelación para ambos. Se encontraron en la confitería y de allí fueron a una restorán italiano. No habían pasado más de cinco minutos haber entrado cuando el Blackberry de Lola sonó. Al tercer timbre contestó. Era Julio.

—Lola, ¿no volverás tampoco hoy?

—Aguarda—le dijo a Julio.

Lola se levantó de la mesa.

—Discúlpame un momento—le pidió al detective. Ordoñez asintió con un gesto.

Mientras iba camino al toilette del restorán, Lola continuó hablando con Julio.

—Lola, tenemos que hablar. Esto no puede continuar así —Su novio se oía nervioso.

—Julio, estás haciendo un escándalo de algo que no tiene sentido. En este momento me encuentro en una reunión de trabajo. Me he tenido que disculpar con ellos por la interrupción de tu llamado. Estoy muy complicada estas semanas. Te ruego que me comprendas. No tienes de qué preocuparte.

—No intentes convencerme Lola. No te creo. —Julio estaba realmente furioso.

Lola cortó la comunicación. Sintió un tremendo fastidio por Julio. Empezaba a detestar su compañía.

Al volver a la mesa ya estaba la comida servida.

Después de cenar fueron a tomar un trago en un boliche que conocía Esteban. Había hecho un seguimiento meses atrás y tomó un Wisqui allí para observar de cerca a una mujer de cuarenta años que tenía relaciones extramatrimoniales con un hombre mucho más joven que ella.

Al entrar se sentaron en un reservado. La luz del ambiente era mortecina y la música solo era un reflejo en los oídos. Un sillón tapizado de verde los recibió desde sus mullidos almohadones. Lola estaba pegada a los muslos de Ordoñez, pudo sentir el calor de su cuerpo.

Pidieron un Daikiri para Lola y un Manhatan para Esteban. Los hielos tintineaban cuando el mesero los depositó sobre la mesa de madera verde y negra.

Lola se mostraba afectuosa, algo en ella le decía que Ordoñez era una persona especial.

Esteban pasó su brazo derecho por la cintura de Lola y la atrajo más hacia él. El cuerpo de la joven vibraba en el abrazo.

El detective deslizó su mano hasta la entrepierna de la joven y sus dedos exploraron su sexo. Lola pasó su brazo por las piernas de Esteban y apoyó su palma sobre el miembro del hombre. Ordoñez tuvo una erección inmediata. La sensualidad podía hasta olerse.

A las cuatro y media de la mañana llegaron al departamento de Ordoñez. Haciendo de cuenta que no existía nada más en el mundo, Lola miró a Esteban Ordoñez con ojos de animal manso. El detective respiraba entrecortado. Esta fascinado. Lola comenzó a desnudarse en forma lenta y continua. Ordoñez acarició sus hombros. Lola pudo sentir la firmeza del roce.

Era un hombre seguro en su madurez. Tan diferente a Carlo y a Julio. Esteban besó cada uno de sus ojos. El calor se agolpó en el rostro de la joven expandiéndose por todo el cuerpo.

Las manos de Ordoñez bajaron por el torso de Lola demorándose en los pezones que pellizcó de forma suave. Lola se estremeció bajo sus dedos.

Esteban continuó bajando hasta llegar al sexo de la muchacha para apoyar el volcán crudo y ardiente de su boca. Su lengua exploró cada milímetro de ella. Lola experimentó múltiples orgasmos.

Se dejaron llevar por un oleaje de brazos, piernas y cuerpo multiplicado. La sexualidad del detective envolvió a Lola.

Su corazón latió diferente.

*****

6

La decisión

Con el correr de las semanas los encuentros con
Esteban se hicieron cada vez más intensos para ambos,
Lola se sintió muy confundida. Percibió que se estaba
enamorando de Ordoñez. El triángulo del que formaba
parte la abrumaba. Debía decidirse con quien deseaba
quedarse en realidad.

No amo a Julio, de eso estoy segura. No soporto su
soberbia. ¿Y Carlo? ¿Qué siento por Carlo? ¿Por qué
no me devuelve el dinero que le presté?

Lola decidió sincerarse con Esteban.

—¿Puedo confiar en ti?—la joven estaba realmente

angustiada.

—Por supuesto Lola. Hazlo. No te arrepentirás.

Lola contó en detalle el inicio de su romance con Carlo. Los préstamos de dinero. El alejamiento de Julio y…

—Estoy enamorada de ti—finalizó diciendo.

Ordoñez la abrazó y la besó con pasión inundando la boca de la joven con su lengua.

—No te preocupes. Me encargaré de todo.

A la mañana siguiente Esteban Ordoñez imprimió las fotografías de Carlo con Amanda. Llamó a Carlo. Se presentó como un amigo especial de Lola que deseaba conocerlo.

Al llegar a la confitería de Salas y Centenario, al sentarse en la mesa del muchacho, el detective desplegó las fotos de él y Amanda entrando al Complejo de bungalós,

Carlo lo miró sin comprender de qué se trataba.

—¿Quién eres?

—Mi nombre no tiene importancia.

—Cabrón. ¿Qué quieres de mí?—el rostro de Carlo viró al color escarlata.

—Tú qué crees.

—No puedes chantajearme.

—Creo que a tu amiguita no le conviene que su esposo

se entere que existes. Perdería su fideicomiso en el divorcio.

Carlo quedó pasmado. Realmente Ordoñez sabía todo sobre él.

—¿Cuánto?—preguntó secamente Carlo.

—Quinientos mil dólares.

—Me arruinas viejo. No tengo ese dinero.

—Pídeselo a tu querida. Te doy tres días. Puedes quedarte con las fotos. Son un obsequio de la casa.

Amanda recibió la llamada de Carlo al mediodía. Estaba en el salón de belleza.

—Tengo que hablar contigo, es urgente—Carlo se sentía por primera vez acorralado.

—¿Ahora?

—Sí. Es un tema importante. Está en riesgo tu futuro Amanda.

La mujer no preguntó más. Pidió a la maquilladora que se apurara y dejó el Salón para ir al encuentro de su amante.

Carlo explicó en detalle la reunión con el hombre de las fotos.

—Tenemos tres días para darle el dinero.

Amanda vació sus cuentas bancarias para obtener el monto solicitado por Ordóñez y tal como habían convenido se le entregó el dinero.

Lola preparó su ropa. No llevó equipaje pesado. Hubiese estado de más en la costa caribeña.

Una vez en la habitación del hotel Lola y Esteban se sentaron en la cama mullida.

—Ven aquí, dijo Esteban, rodeando a la joven con sus brazos.

—Aquí estaremos cómodos. —comentó mientras la devoraba con la mirada.

Esteban le quitó lentamente la camiseta sin breteles color violeta. Los hombros de Lola relucían bajo los dedos del detective,

Lola desabrochó uno a uno los botones de la camisa blanca de Esteba, dejando al aire su torso velludo y trabajado.

Esteban le besó el cuello y Lola experimentó un estremecimiento.

Al llegar llegó a sus senos, le arrancó el sostén sin violencia pero con seguridad.

Lamió sus pezones uno a uno y los apretó entre sus dientes. Lola tuvo un orgasmo ante ese contacto. Apenas unos instantes después la joven apretó su mano contra el sexo del detective quien explotó de placer.

Esteban continuó besándola y fue bajando sin prisa hasta alcanzar la cremallera de los pantalones de Lola.

La joven se recostó boca arriba. Él deslizó la prenda sacándosela.

Luego le quitó las sandalias y besó la planta de sus pies. La lengua fue dibujando extrañas figuras en la piel de la joven.

Esteban siguió recorriéndola con sus besos, continuó por los muslos de Lola hasta detenerse en su sexo. Los labios se enredaron en la cavidad húmeda de la joven que gemía y se estremecía sobre las sábanas.

Esteban se reclinó sobre la desnudez de Lola. El ruido de las olas los envolvió en su candencia. Lola disfrutaba cada suave embestida ahogando los gemidos de placer que inundaban su ser. El sexo de Esteban entraba y salía rítmicamente besando los labios de la joven con la misma pasión con la que lo había hecho durante su primer encuentro. Los gemidos de Lola se mezclaron con la música ambiental.

Esa tarde, paseando tranquilos, Esteban y Lola compraron una postal con la imagen de la playa dónde se encontraban y un sobre color turquesa en la calle histórica de la ciudad. Tras escribir algo sobre la fotografía recién adquirida, la joven entró a la estafeta postal y envió el sobre con sello internacional.

Al regresar del bufete Julio recogió la correspondencia del buzón de correos. Un sobre le llamó la atención por el color.

Al abrirlo, una grafía conocida lo dejó helado. Su

mandíbula descendió lentamente y su boca quedó abierta, parecía un muñeco de trapo aporreado. Sus manos temblaron. Buscó el rostro de Lola en la fotografía de la playa. Sin embargo, sólo el vestigio de ella se percibía en apenas seis palabras:

Gracias por reunirnos

Lola y Esteban

Estimado Lector

Nos interesa mucho sus comentarios y opiniones sobre esta obra. Por favor ayúdenos comentando sobre este libro. Puede hacerlo dejando una reseña en la tienda donde lo ha adquirido.